JN329897

いぜん　には
けもの　が　にんげん　に　ばけたり、
にんげん　が　けもの　に　ばけたり
した、おもしろい　おはなし　も
あったやうだ。
しかし、もう　ばけたり　ばかし
たりは　やめて
にんげん　は　にんげん
けものは　けもの　そのままで、
ほんとう　の　よい　こころ　と
こころ　で　いき　て　いく
ことを　かんがへ　て　みよう。

1

街《まち》の　ものは
くへない　とさ。

となり　の　山から　おり
てきた　猿《さる》が　こんなこと
を　狐《きつね》のところに　きて
いひました。

街の　ものは　いつも
うまいことばで　だまし
あひ　ばかりする。
にても　やいても　くへ
ないだらう。

狐は　さう　いひました。

Z

街の　ものが　くへない
と　いふことは、たべるも
のが　すくないので、
こまってゐる　といふこと
なんです。
兎《うさぎ》の　おかみさんが　狐の
おうち　の　まへを　とほ
　ると　狐は
街の　ものが　くへない
とさ。
と　猿　の　まねをして、
いひました。

3

兎の　おかみさんは　熊《くま》と
兎の　しごとば　へ　おや
つを　とどけに　やって
きて、

街の　ものが　くへない
とさ。

と　いひました。

それは……

と　熊は　いひました。

はたらか　ない　からだ。

狐は　猿と　熊をさそって
兎の　いへに　あつまって
街の　ものの　ために、
山で　できる　たべものを、
街へ　くばりに　いくこと
に　はなし　あひました。

山の　ものたち　どうしは
きゆうに　いそがしく　な
りました。
狐は
おまんぢゆう　を
ふかし　たり、
あまい　きなこ　を
ふりかけた、
くずもち　などを
つくって　もってゆくこと
に　きめました。

熊は
川で　とれた　おさかな
を　ほし
ひもの　を　つくり、
さはがに　を　とって
あぶら　で　あげて
てんぷら　に、
いそがしい　いそがしい
と
はたらき　ました。

7

猿は
いくねん　も　いくねん
も
たくはへ　て　あつた
あまい　あまい
のみもの　を
――街の　もの　の　ため
だ――

と、しんせつな　こころと
いっしよに
たっぷり
びん　や　とくり　に
つめました。

兎は、
うち の もの みんなが
てわけ して きのみ ば
かり で こしらへた、
おこし や せんべい、
こんぺいたう の やうな
おくわし を たくさん
つくりました。

兎の したくは いろいろ
てまが かかって、よる
をそくまで かかり ました。

さて、
したく は できた、山の
もの 山の もの
熊、
猿、
狐、
兎たちは、
山を くだって それ よ
ちよち と、
街へ いく きしや に
のるために いそぎました。
山の ふもと の ていし
やば へ
きて みて びっくり く
り だった。
街へいく きしやは
おまつり の やうに
人 人 人で ごちや ご
ちや に
まんゐん でした。

まんゐん　の　きしやには
山の　ものと　ものは　の
れません。

ていしやば　の
えきちようさんは
あたま　を　ちよつぴり
ひねつてから、
山の　ものの　ために
とくべつに
べつな
くるま　を　とりつけて
くださつた。

11

きしやは、
しゆうてん に つきました。
そこは 街の いりぐちでした。
山の もの たちが、
山の もの を せおつて
街の ひろば まで くると、
たちまち 街の ひとたちは、
猿の もの
熊の もの
兎の もの
狐の ものを とりまいて
熊
兎
狐
猿たち の いくみち を
ふさいで しまひ ました。

初山滋 年譜

1897年（数え1歳） 7月10日、東京・浅草田原町で母・トクの子として生まれる。本名は初山繁蔵。初山性をもつ父は既に他界しており、戸籍上は再婚した中島喜佐次郎の四男とされた。後に父の放蕩ぐせのため、初山トクとの養子縁組という形で姉とともに除籍。

1906年（10歳） 田島小学校卒業。狩野派の荒木探令のもとで大和絵を学ぶが、三か月でやめる。金属商の小僧となるが、いじめにあって家に戻る。

1907年（11歳） 神田今川橋の模様画工房・宇佐美のもとへ丁稚奉公に行き、着物の柄を描くようになる。

1910年（14歳） 日本橋・三越の新柄募集に応じ、一等をとる。

1911年（15歳） 宇佐美をやめ、日本画家・井川洗厓の弟子となり風俗画を学ぶ。

1915年（19歳） 巽画会に出品し、『盲人と春』が銀賞となる。文部省展覧会にも出品するが落選し、以後タブローをやめる。

1916年（20歳） 歌舞伎役者・阪東秀調のもとで世話になり、鉄砲を覚える。6月、「少年倶楽部」の口絵に『月下悲曲』が初山田之助の名で採用される。

1917年（21歳） 大彦美術染織研究所で働く。

1919年（23歳） 「おとぎの世界」創刊。嘱託社員となり、毎月表紙や口絵を描く。創刊号では初山田之助であったが、第二号から滋のサインを使う。11月、十五、六人の同志とともに劇団美術座を結成。

1924年（28歳） 橘銀行頭取の娘・西川澄子と結婚。北豊島郡長崎町に移る。

1925年（29歳） 長女・菜々誕生。

1927年（31歳） 武井武雄らとともに日本童画家協会を結成。次女・妹々誕生。

1928年（32歳） 日本童画家協会第一回展に『姉妹』を出品。絵本『一寸法師』を出版。

1929年（33歳） 長男・斗作誕生。

1935年（39歳） 傑作集『初山滋童画集』を刊行。澄子と離婚し、子供らとともに板橋区大谷口町に転居。

1942年（46歳） 名雪しづと結婚。

1943年（47歳） 三女・三茶誕生。

1944年（48歳） 初山滋版画頒布会展を開催。

1946年（50歳） 日本童画会創立。

1950年（54歳） 日本女子大学の非常勤講師として、以降十年間児童画の講義をする。

1952年（56歳） 第四回装幀美術展で一位受賞。

1966年（70歳） 紫綬褒章を受ける。第一回モービル児童文化賞受賞。

1967年（71歳） 絵本『もず』を出版し、国際アンデルセン賞国内賞受賞。児童文化訪ソ団としてソビエトに渡る。

1972年（76歳） 膀胱結石の手術を受け、脚が不自由になる。

1973年（77歳） 1月11日、庭で焚き火をしていて倒れ込み、火傷を負って入院。2月12日、死去。

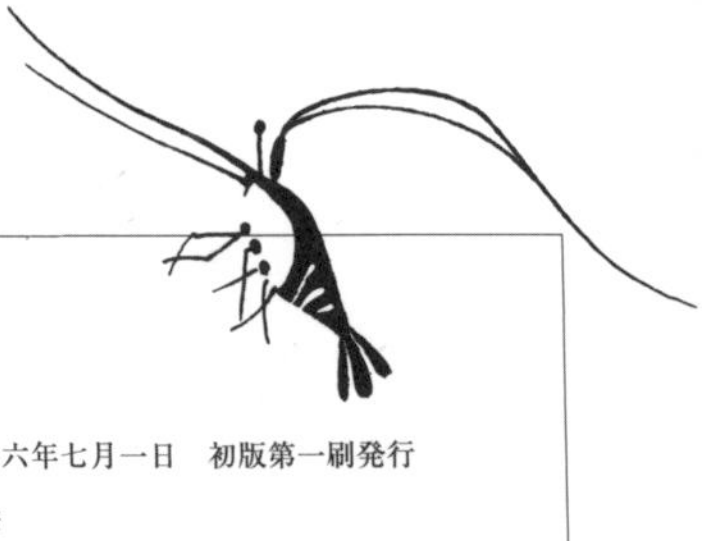

山のもの山のもの 初山滋

【初版】
発行者 中村正利 東京都芝区新橋一ノ四
印刷者 小坂孟 東京都牛込区市谷加賀町一ノ一二
発行所 白鷗社 東京都芝区新橋一ノ四
定価 金四円
発行年月日 記載なし

【復刊】 平成二十六年七月一日 初版第一刷発行
発行者 門田克彦
発行所 よるひるプロ
〒166-0001
東京都杉並区阿佐谷北 2-13-4 1F
Tel 03-6765-6997
yorunohirunepro@gmail.com
http://yoruhiru.com
印刷 國分印刷
ケース 四八
協力 徳永純子 高松美香子

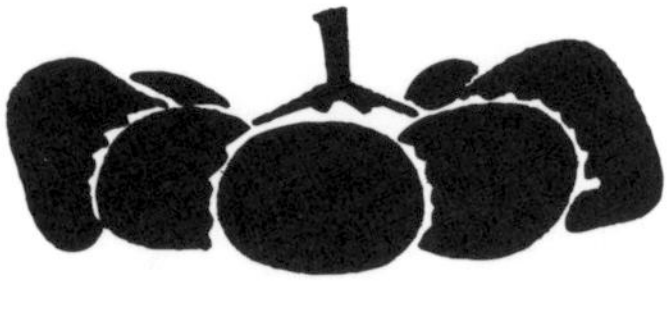

こうして〈山のもの〉たちは、大忙しでそれぞれ楽しそうにはたらいているのですが、本の中で一ページだけ、〈山のもの〉が、だれもいないページがあります（9ページです）。

お客さんがこぼれ落ちそうな満員電車が、ガタンゴトン走ってます。

おやじは、戦中、戦後のあの混乱時にも、ヒマさえあれば鉄砲をかついで、近郊の山の中をブラブラ歩き、その帰りに、この荷物と人間で、ぎゅうぎゅうづめの電車に乗り合せたのですが、おナカをすかせた街の人たちが乗った〝買い出し列車〟の様子は、とても私は文字にすることはできません。

蒼い顔をして殺気だっているその人たちを、マルとサンカクで、ユーモラスに描き表した滋オジさんのセンスは、おみごとです。

軍艦や飛行機、日の丸の絵は、どうしても描けなかった初山滋の戦争画は、この〝買い出し列車〟の絵なのかもしれません。

〝山のもの　山のもの〟という、この小さな絵本なのかもしれません。

国破れて　山河あり。

※戦前刊行の絵本「たべるトンちゃん」はよるひるプロより復刊されています。

と言って滋オジさんは、おサルのおシリをポン!!

「そうか、それではオレも〈山のもの〉たちが、おダンゴをまるめたり、おセンベイを焼いたりしている様子を絵本に描いて、みんなにくばろうかナ」と言って、滋オジさんがサラサラと筆をはしらせて、この小さな絵本が生まれましたが、この本は〝おナカをすかせた人たちで作った絵本〟というコトで、絵本史のすみっこにでも載ればおもしろい、と私はおもいます。

さて、本を手にとって……表紙のウサギのお母さん、ちょっとお疲れ気味かナ、おサルは、なんとおやじそっくりです、「おやじさん、お酒をこぼさないでくださいョ」

その左右の、おどるような〝山のもの　山のもの〟という、タイトル文字をみていると、〝へのへのもへじ〟という、ボクが子どもの頃の落書きがうかんでくるから、ふしぎな表紙です。

「へのへのもへじって、ナーニ?」とウサギの坊やが聞くので「田んぼに立っているカカシの顔を、よーく見てごらん」と言うと、となりにいたキツネが「カカシって、ナーニ?」……時代は変ります。

表紙をひらくと、囲炉裏《いろり》。その中におダンゴと、紅い梅の花が一輪、おやじが得意のパターンです。

何時でしたか「初山さんの描くおダンゴ※注（〝たべるトンちゃん〟の表紙などで見られる）は、日本一ですネ」とほめられましたが、いろんな日本一があるもんです。

イロリが好きで、自宅の客間に小さな炉を切って、天井から下げた自在鉤の下で、まるい鉄瓶が、チンチンと、いつも歌ってましたっけ。

さて、滋オジさんといえば、お酒。気になりますが、おサルがとっくりに入れている、あまいのみものとは、ハテなんでしょうか。

山のもの山のもの

解説……初山斗作

あの戦争が終ったのが、一九四五年でした。

この〈山のもの山のもの〉という、小さな絵本が生まれたのは、一九四七年※注（奥付に発行年月日がないため推定。）だそうです。

その頃の街の人たちは、戦災で食べるものがなくおナカがすいて、みんなフラフラになっていました。

「ハラがへったァ」

という街の人たちの悲鳴が、あの山にもこっちの山にも聞こえてきました。

そこで〈山のもの〉たちは、かわいそうな街の人たちに、山のたべものをくばりに行くことにして、いつも鉄砲をかついで、ブラブラと山の中を歩いているヘンなオジさんに、おサルが相談をしてみました。

そのオジさんが、初山滋です。

「アァ　それはいいコトだ、街の人も〈山のもの〉も、みんなで助けあって、仲よく暮らしていこうじゃないか」

さて、
山の　もの　は、
さて、
街へ　きても、
さて
さて
どこ　へ　いったら
さて　さて　さて　さて　と
まよひ　ました。

みちばた　に
街の　ちづ　が　ありまー
た。
ちづ　を　みても
ちんぷんかん　で　ありま
した。
さて、
どうしたら　と
まご　まご　と　まごつき
ました。

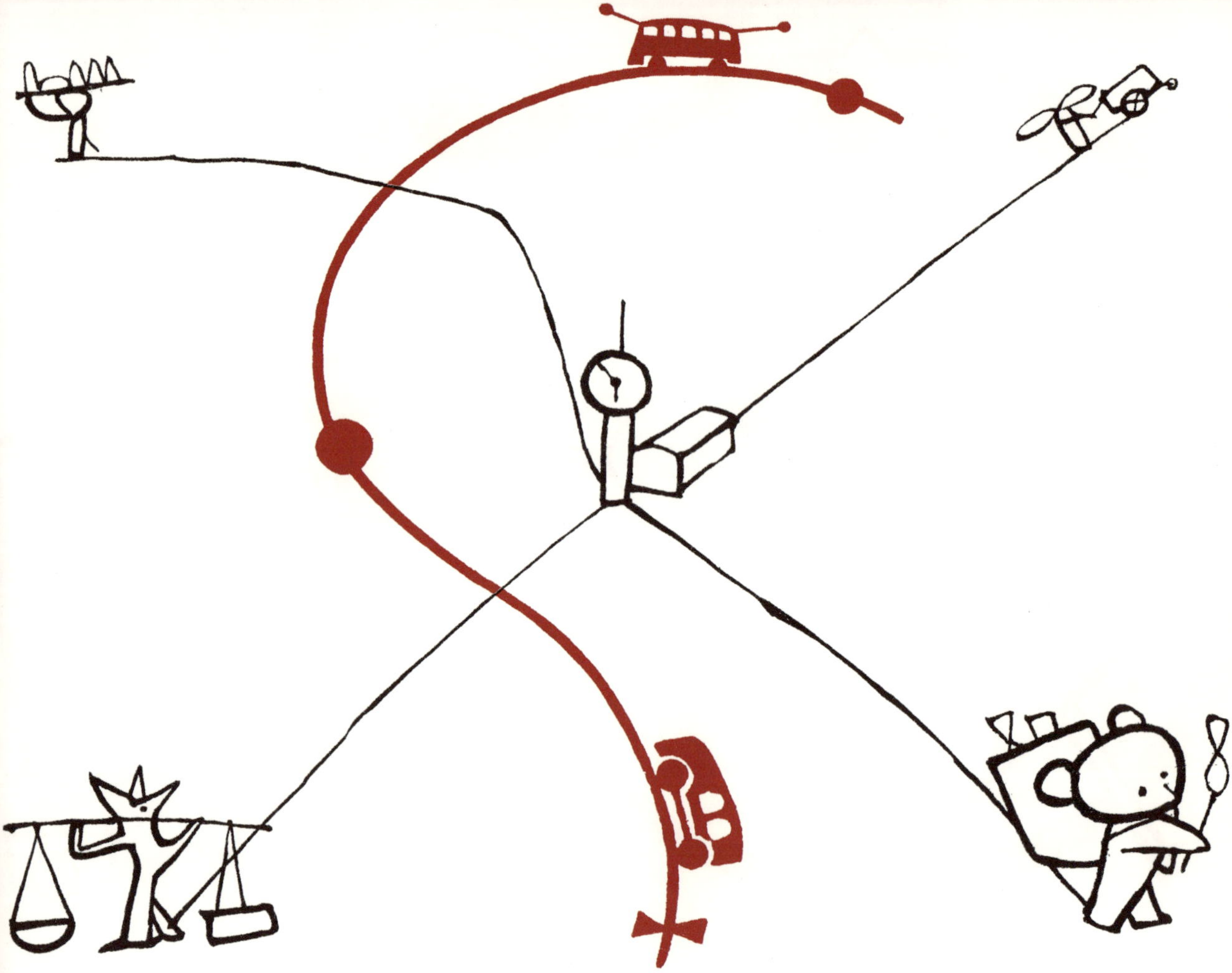

まご　まご　と
まごついた、　猿と　熊に
ちゑがでた、
おひさん　が　でるばうと
おひさん　が　ひっこむ
はう　に　わかれ　て　い
　きました。
狐と　兎とは、
かぜ　が　ふいて　くる
はう　と
かぜ　が　ふいて　いく
はうに
わかれ　わかれ　わかれ　て　いき
　ました。
わかれて　いくとき　狐が
街に　ある、とけい　を
さして　いひました。
あの　とけい　が　十六じ
うつまでに、あの　とけい
の　したに　ある、ポスト
の　ところへもどることと。

街の　もの　に
山の　もの　を　くばって、
その　もどり　の　とちゆう、狐は　猿に　であひ、
いっしよ　に　ポスト　の
ところへ　もどりました。
なんと、熊は　とっく　に
もどってゐて　くたびれ
ねむり　に
ゴロ　ゴロ　と　くまいびき　たかいびき　で　ねむって　をりました。
まもなく　街の　とけいが
ちやらん　ぽかん　と
十六じ　を　うちました。

時計《とけい》が
十六時　うった　ちよいと
すぎ、
兎は　大きな　からだ　の
ともだち　を　つれて、
やっとこ　さっと　もどっ
て　きました。

からだ　の　大きな　とも
だち　とは　街で　はた
らいて　ゐた　馬《うま》でした。

16

山の　もの　を　街の　も
のに
くばった　そのこと　に
ついて、
熊にも、
猿にも、
狐にも、
また　兎にも
いろいろ　と　はなしあふ
ことが　あった、　それは、
みちみち　はなす　ことに
して、山へ　もどり　と
きめました。
熊は　おほきな　こゑで

いきは　よいよい
きしや　ぽっぽ
かへり　は
おうま　で
ぽうく　ぽく
と　うたひ　ました。

17

めづらしい　山の　ごちさうを、街の　ものにくばられた　ことは、たべる　もの　が　すくない街の　もの　に、どんなによろこばれたか、山へ　かへる　みちみち　はなしあふ　山の　ものたちのはなし　を　そのまま　かくことは　むづかしいので　よはります。

ただ　猿は　おにんぎよを、熊は、しやっぽを　おみやげ　に　街で　ひろってきた　こと　と、おにんぎよ　は　兎のこにしやっぽ　は　猿のこに、よろこばれ　た　といふことだけ。

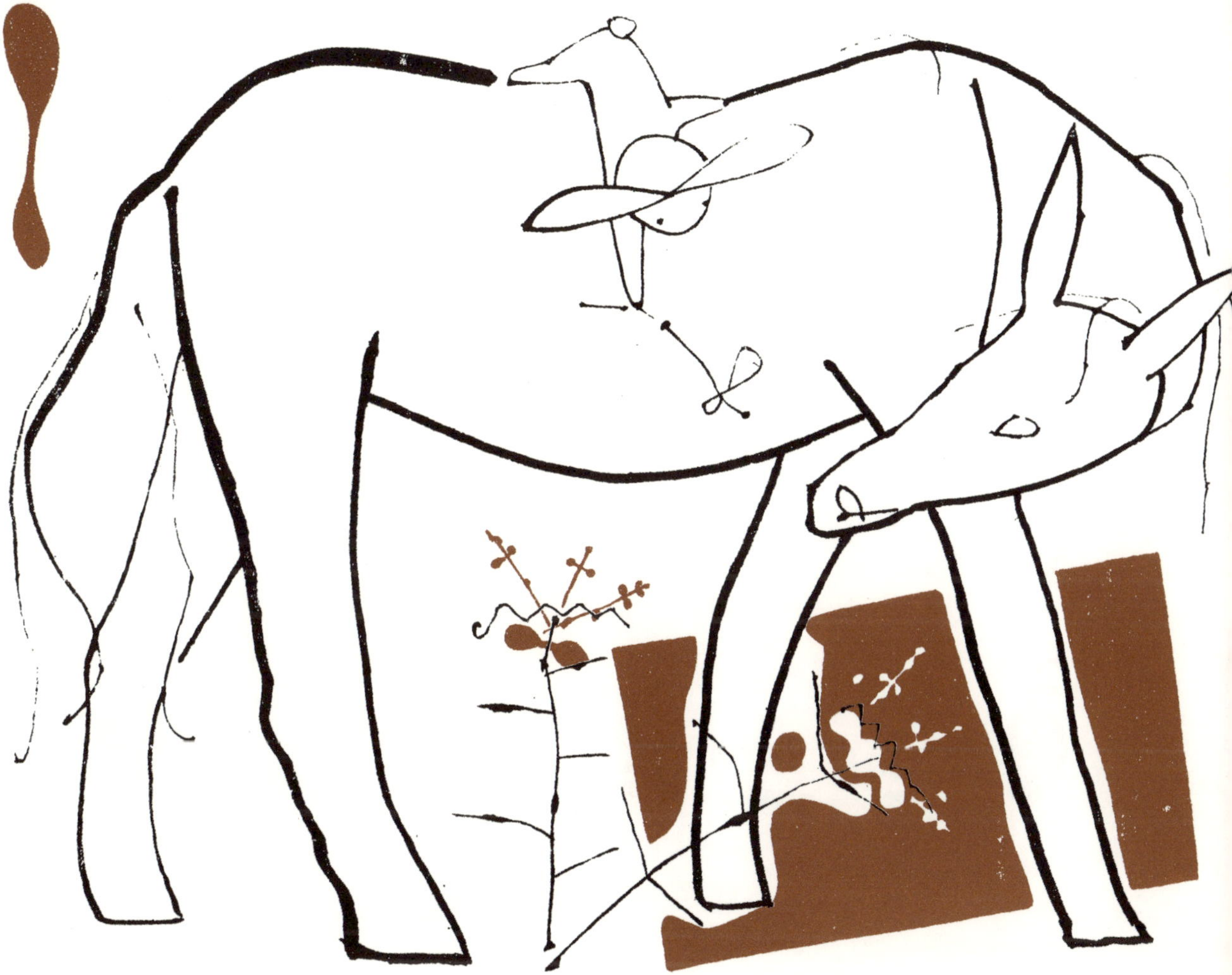

さうだ
兎が　つれてきた　あたら
しい　ともだち　の　こ
とを　わすれ　ちやった。
それは、いくさ　に　でて
ゐたとき　の　いさましい
ことが　なく、街に　ゐて
にもつ　を　ひく　やくめ
に　なつた　馬　だつた。
こんな　すがた　で　街に
くたびれ　て　ゐるのは
いやだ、仔馬であったころ
そだった　山へ　かへって
たのしい　なかま　と　く
らしたい、かうした　馬
の　かんがへが　兎は
わかって　山の　ものの
なかまにと　つれてきたの
で　あつたさうでした。

定價金四圓

著者　初山滋

發行者　中村正利
東京都芝區新橋一ノ四

印刷者　小坂孟
東京都牛込區市谷加賀町一ノ一二

發行所　白鷗社
東京都芝區新橋一ノ四
會員番號A一二六〇〇七

配給所　日本出版配給株式會社
東京都神田區淡路町二ノ九

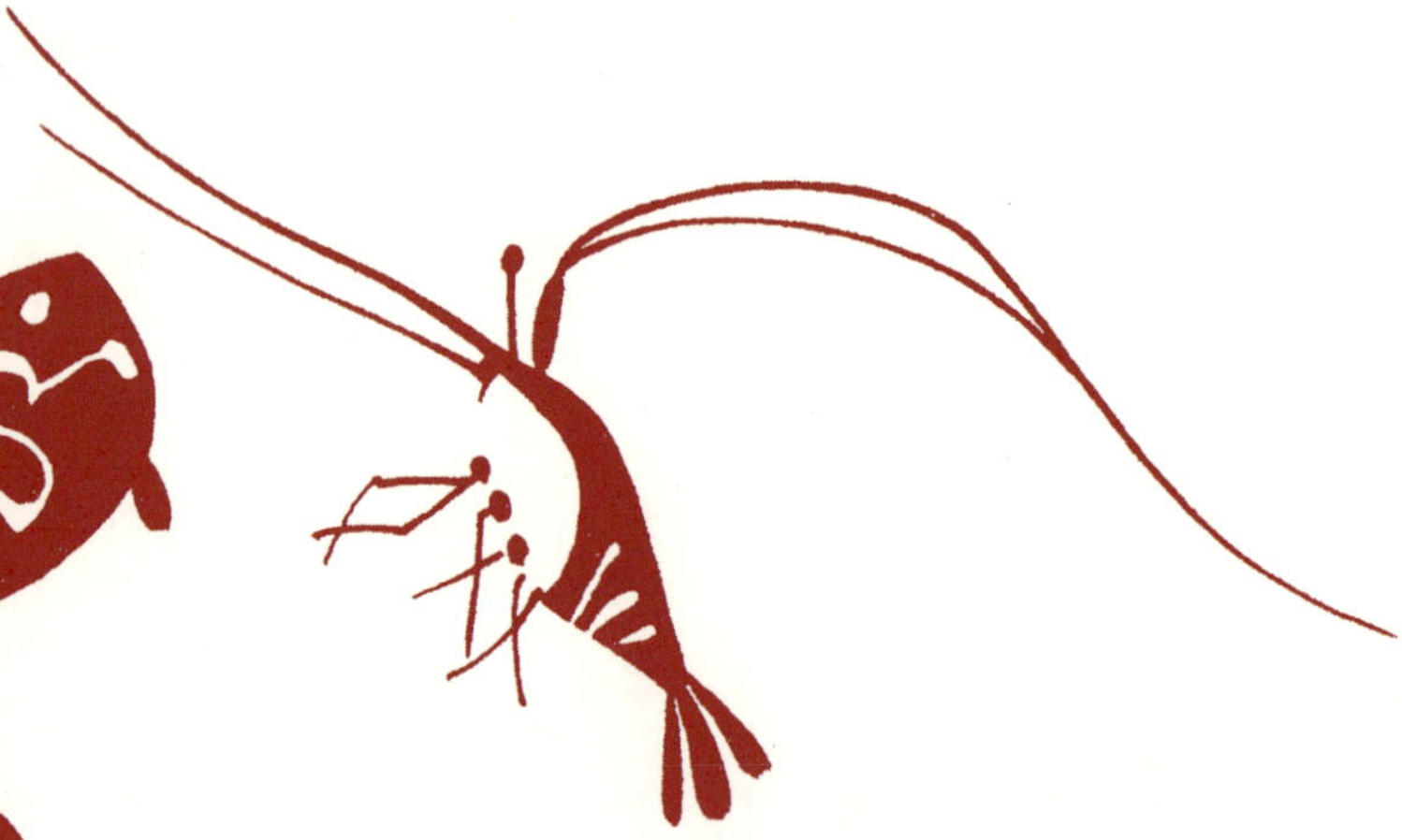

復刊 よるひるプロ 2014年7月1日